1. Lesestufe

Claudia Ondracek

Die Bolzplatz-Bande lässt nicht locker!

Mit Bildern von Leopé

Ravensburger Buchverlag

Bibliografische Information der Deutschen Nationalbibliothek:

Die Deutsche Nationalbibliothek verzeichnet diese Publikation
in der Deutschen Nationalbibliografie.
Detaillierte bibliografische Daten sind im Internet
über **http://dnb.d-nb.de** abrufbar.

Ich danke Tim Wünnemann, Martina Schrey
und Mike Klein für ihre fachliche Beratung.

1 2 3   14 13 12

Der vorliegende Band ist in dem Sonderband
„Noch ein Tor! – Aufregende Fußballgeschichten",
erschienen 2010, enthalten.

Ravensburger Leserabe
© 2010, 2012 Ravensburger Buchverlag Otto Maier GmbH
Umschlagbild: Leopé
Umschlagkonzeption: Sabine Reddig
Printed in Germany
ISBN 978-3-473-36267-7

www.ravensburger.de
www.leserabe.de

Inhalt

Schwarz auf weiß!   4

Der Plan   8

Alle Hände voll zu tun   12

Der große Tag   17

Sieg auf der ganzen Linie   27

Wichtige Spielregeln beim Fußball   38

Leserätsel   40

Schwarz auf weiß!

Mitten auf dem Bolzplatz
steht ein Schild.
Darauf ist zu lesen:

Juri, Jan, Lea, Leon, Maya und Max
von der Bolzplatz-Bande
können es nicht fassen.

„Sind die total bekloppt?",
schimpft Maya.
„Das ist unser Bolzplatz."

„Genau", stimmt Lea ihr zu.
„Hier spielen wir jeden Tag.
Den können sie uns
nicht einfach wegnehmen."

„Schon gar nicht für
so ein doofes Einkaufszentrum",
sagt Jan wütend.
„Wo sollen wir denn dann hin?"

„Na, in den Fußballklub",
murmelt Max frustriert.
Juri springt auf.
„Das will ich aber nicht!"
„Wir auch nicht!", rufen die anderen.
„Aber was tun wir dagegen?",
fragt Leon und schaut in die Runde.

Der Plan

Am nächsten Tag betreten die Turbo 6
mit Herzklopfen die Schule.
Was wird der Rektor
zu ihrem Plan sagen?

„Ihr wollt also schulfrei haben,
weil ihr ein Turnier
auf dem Bolzplatz machen wollt?",
fragt der Rektor.

„Genau", erwidert Jan.
„Als Protestaktion.
Denn der Bolzplatz
soll Bolzplatz bleiben!"

„Und weil Bauarbeiter immer früh
zu arbeiten anfangen,
muss das Fußball-Turnier
auch gleich morgens beginnen",
erklärt Maya.

„Eine abenteuerliche Idee",
sagt der Rektor und lacht.
„Und wer soll da mitspielen?
Die anderen Kinder sind
doch alle in der Schule."

Die sechs zucken mit den Schultern.
Daran haben sie nicht gedacht.

„Eigentlich könnten ja
alle Schüler und Lehrer
mal wieder frische Luft vertragen.
Wärt ihr einverstanden,
wenn die ganze Schule mitmacht?"
Die Turbo 6 starren den Rektor an.
Damit haben sie nicht gerechnet.
„Klar, danke!", rufen sie begeistert.

Alle Hände voll zu tun

Jetzt heißt es für die Bolzer:
Blitzschnell das Turnier vorbereiten.
Aber wo anfangen, wenn man
so etwas noch nie gemacht hat?
„Kommt, wir fragen die Spieler
vom Friedenauer Fußballklub",
schlägt Lea vor und ruft Tim an.

Sie treffen sich im Fußballklub.
„Wir sind mit dabei", sagt Tim sofort.
„Pro Mannschaft brauchen wir
sieben Spieler und zwei Ersatzspieler.
Das reicht für so ein Turnier!
Wie viele Leute haben wir?"

Die Bolzer zählen die Namen
auf der Liste, die ihnen
der Rektor gegeben hat.

„Das sind 16 Mannschaften", sagt Jakob.
„Sollen wir euch mit Spielern aushelfen?"

Juri winkt ab.
„Kein Problem, aus unserer Klasse
spielen Marta, Tom und Felix mit.
Das kriegen wir schon hin!"

„Am besten spielt ihr
nach dem K.-o.-System",
sagt Herr Kelly,
der Trainer der Friedenauer.
„Da kommen nur die Sieger
in die nächste Spielrunde.
Die Verlierer scheiden aus.
Das geht schneller!"

Die Turbo 6 nicken.
„Wir brauchen noch
einen Schiedsrichter", fällt Max ein.
„Können Sie das nicht machen?"
Herr Kelly lacht.
„Okay, aber nur, wenn die Spiele
nicht länger als 12 Minuten dauern.
Sonst halte ich das nicht durch!"

Der große Tag

Am Turniertag ist schon früh
die Hölle los: 16 Mannschaften
tummeln sich auf dem Bolzplatz.
Massen an Zuschauern
drängeln sich um den Zaun.

Und die Presse ist auch da,
um von der Aktion zu berichten.
Die hat Herr Kelly informiert.

Als die Bagger anrollen,
versperren Schüler und Lehrer
den Zugang zum Platz und brüllen:
„Der Bolzplatz soll Bolzplatz bleiben!"
Gegen so einen Protest haben
die Bauarbeiter keine Chance.
Sie stellen murrend die Bagger ab
und geben dem Bauherrn Bescheid.

Da ertönt der Anpfiff fürs erste Spiel.
Die Bauarbeiter spähen neugierig
über die Köpfe der Zuschauer hinweg.
„Kommen Sie doch mit vor",
lädt der Rektor die Bauarbeiter ein.
Die mischen sich zögernd
unter die Leute.

Dann ist die Bolzplatzbande dran.
Sie gehen das Spiel ruhig an,
damit Marta sich einspielen kann.

Aber die andere Mannschaft
macht ganz schön Tempo und
luchst ihnen den Ball oft ab.

Doch dann stoppt Leon
einen Pass des Gegners
mit der Brust.

Geschickt umläuft er die Gegner.
Er sieht Marta frei stehen und passt.

Marta nimmt den Ball mit links
und schießt … Tor!

„Genialer Linksfuß!", ruft Juri
Marta anerkennend zu.

Da schießt ein Gegner
eine lange Flanke vors Tor der Bolzer.
„Aufgepasst!", brüllt Max
und sprintet los.

Aber Jan hechtet schon aus dem Tor –
und begräbt den Ball unter sich.

„Wo war die Verteidigung?",
faucht Jan seine Mannschaft an.
Da pfeift Herr Kelly ab.

„Beruhige dich", sagt Lea.
„1:0 für uns – wir sind
in der nächsten Runde!"

„Das war knapp", meint Tim
von den Friedenauern,
als die Turbo 6 vom Platz kommen.

„Gewonnen ist gewonnen", grinst Maya.
„Das müsst ihr erst noch schaffen!"

Doch als Profis haben
die Friedenauer keine Probleme.
Sie machen ihre Spiele mit links.

„Strengt euch bloß an!",
ruft Jakob den Bolzern zu.
„Wir wollen gegen euch antreten –
und zwar im Finale!"
„Das werdet ihr", erwidert Leon.

Sieg auf der ganzen Linie

Und wirklich – mittags steht fest:
Die Bolzer ziehen
mit den Friedenauern ins Finale ein.
„Na dann los …", sagt Herr Kelly
und legt den Ball auf den Anstoßpunkt.

Plötzlich röhren die Bagger.
Lea hält mitten im Schuss inne.
„Fangen die jetzt doch an
zu baggern?", fragt sie erschrocken.

„Nein!", brüllt der Rektor vom Rand.
„Das waren die Fanfaren fürs Finale!"
Die Zuschauer grölen begeistert.

Da legen die Spieler los.
Sie jagen dem Ball hinterher,
kämpfen mit allen Tricks
und nutzen jede Chance vor dem Tor.

Doch beim Abpfiff steht es 1:1.
Unentschieden!

„5 Minuten Verlängerung!",
ruft Herr Kelly und pfeift an.

Felix von den Bolzern stößt an.
Da steht plötzlich Jakob
wie aus dem Nichts vor ihm
und fängt den Ball ab.

Jakob sprintet los,
hängt seine Verfolger ab,
zielt – und Tor!

Doch Maya startet gleich
nach dem Anstoß den Gegenangriff.
Sie passt zu Leon in den Mittelraum.

Leon schlägt einen Haken um Tim
und stürmt wie ein Pfeil nach vorn.

Juri steht vor dem Tor.
Leon hebt den Ball nach vorn.
Juri steigt hoch – und köpft.

Der Friedenauer Torwart springt …
… aber der Ball fliegt ins Netz. 2 : 2!

Ein Pfiff ertönt – Spielende!
„Es bleibt beim Unentschieden!",
ruft Herr Kelly.
„Wir haben also zwei Turniersieger!"
Die Fußballer jubeln.

„Liebe Fußballfreunde",
ertönt da plötzlich eine Stimme.
Alle starren zu dem Mann
mit Krawatte und Megafon.
„Ich bin Herr Breuer, der Bauherr
des geplanten Einkaufzentrums."
Buh-Rufe und Pfiffe erschallen.
Herr Breuer räuspert sich.

„Ich bin beeindruckt, was man hier
auf die Beine gestellt hat.
Ich werde das Einkaufszentrum
deshalb an einem anderen Ort bauen.
Der Bolzplatz muss Bolzplatz bleiben!"

Was Herr Breuer noch sagt,
geht in lautem Jubel unter:
Alle klatschen und grölen –
und lassen die Turbo 6 hochleben.
„Wer hätte gedacht,
dass ihr sechs das schafft!",
sagt Marta und grinst.

„Du meinst wohl, wir sieben!",
ruft Juri und fällt Marta in die Arme.
„Willkommen in der Turbo 7!"
Und dann drehen die beiden Sieger
unter dem Jubel der Zuschauer
noch eine Ehrenrunde
um den Bolzplatz!

Wichtige Spielregeln beim Fußball

Abseits

Ein angreifender Spieler ist im Abseits, wenn er beim Pass eines Mannschaftskollegen der Torlinie des Gegners näher ist als der Ball und der vorletzte Abwehrspieler. Als Regelverstoß gilt die Abseitsstellung des Spielers nur, wenn er aktiv am Spielgeschehen teilnimmt.

Abstoß

Anspiel des Balles aus dem eignen Torraum (meist durch den Torwart), wenn der Ball durch einen Angreifer der gegnerischen Mannschaft über die Torlinie geschossen wird.

Eckstoß

Anspiel des Balles durch die angreifende Mannschaft von der Ecke aus. Zum Eckball kommt es, wenn der Ball durch einen Abwehrspieler über die eigene Torlinie gespielt wird.

Einwurf
Wenn der Ball über eine Seitenlinie des Spielfeldes rollt, darf die Mannschaft, die den Ball zuletzt nicht berührt hat, den Ball an dieser Stelle zurück ins Spielfeld werfen.

Handspiel
Der Ball wird von einem Spieler absichtlich mit Armen und Händen gespielt. Handspiel gilt als Regelverstoß.

Regelverstoß
Verstößt ein Spieler gegen die Spielregeln durch ein Foul (wie z. B. hartes Anrempeln, Beleidigen, Stoßen etc, Handspiel oder Abseits, wird das Spiel durch den Schiedsrichter unterbrochen. Der Regelverstoß wird mit Freistoß oder Strafstoß und/oder Gelber oder Roter Karte bestraft.

Schiedsrichter
Er sorgt dafür, dass die Spielregeln eingehalten werden und unterbricht bei einem Regelverstoß sofort das Spiel. Seinen Entscheidungen darf nicht widersprochen werden.

Leserätsel
mit dem Leseraben

Hast du die Geschichte ganz genau gelesen? Der Leserabe hat sich ein paar spannende Rätsel für echte Lese-Detektive ausgedacht. Wenn du Rätsel 4 auf Seite 42 löst, kannst du ein Buchpaket gewinnen.

Rätsel 1

In dieser Buchstabenkiste haben sich vier Wörter aus der Geschichte versteckt. Findest du sie?

X	T	O	R	Y	U	B
V	M	L	H	G	P	A
R	E	K	T	O	R	L
Z	O	T	C	X	H	L
B	N	G	E	F	W	Ä
T	U	R	N	I	E	R

Rätsel 2

Der Leserabe hat einige Wörter aus der Geschichte auseinandergeschnitten. Immer zwei Silben ergeben ein Wort. Schreibe die Wörter auf ein Blatt!

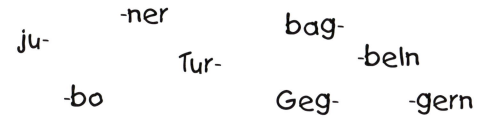

ju- -ner bag-
  Tur-   -beln
 -bo   Geg-   -gern

Rätsel 3

In diesem Satz von Seite 26 sind sieben falsche Buchstaben versteckt. Lies ganz genau und trage die falschen Buchstaben der Reihe nach in die Kästchen ein.

Doch Tals Profiso harben
die Friewdenauera keiner
Protbleme.

1	2	3	4	5	6	7

Rätsel 4

Beantworte die Fragen zu der Geschichte. Wenn du dir nicht sicher bist, lies auf den Seiten noch mal nach!

1. Warum sind Juri und seine Freunde entsetzt, als sie auf ihren Bolzplatz kommen? (Seite 4/5)
   F : Weil dort ein Einkaufszentrum gebaut werden soll.
   N : Weil der ganze Platz unter Wasser steht.

2. Warum ruft Lea Tim von den Friedenauern an? (Seite 12)
   R : Sie will mit ihm Fußball spielen.
   L : Tim soll helfen, das Turnier vorzubereiten.

3. Warum lobt Juri Marta? (Seite 22)
   K : Weil sie mit dem linken Fuß ein Tor schießt.
   U : Weil sie den Ball ins Tor köpft.

Lösungswort:

| 1 | 2 | A | N | 3 | E |

Rabenpost

Jetzt wird es Zeit für die Rabenpost! Besuch mich doch auf meiner Homepage **www.leserabe.de** und gib dort unter der Rubrik „Leserätsel" das richtige Lösungswort ein. Es warten außerdem noch tolle Spiele und spannende Leseproben auf dich! Oder schreib eine E-Mail an **leserabe@ravensburger.de**. Jeden Monat werden 10 Buchpakete unter den Einsendern verlost! Natürlich kannst du mir auch eine Karte schicken.

An den LESERABEN
RABENPOST
Postfach 2007
88190 Ravensburg
Deutschland

Ich freue mich immer über Post!

Dein Leserabe

Lösungen:
Rätsel 1: Tor, Rektor, Turnier, Ball
Rätsel 2: jubeln, Turbo, baggern, Gegner
Rätsel 3: Torwart

Ravensburger Bücher

1. Lesestufe für Leseanfänger ab der 1. Klasse

ISBN 978-3-473-**36204**-2

ISBN 978-3-473-**36389**-6

ISBN 978-3-473-**36322**-3

2. Lesestufe für Leseanfänger ab der 2. Klasse

ISBN 978-3-473-**36325**-4

ISBN 978-3-473-**36372**-8

ISBN 978-3-473-**36395**-7

3. Lesestufe für Leseanfänger ab der 3. Klasse

ISBN 978-3-473-**36329**-2

ISBN 978-3-473-**36313**-1

ISBN 978-3-473-**36399**-5

Mit mir lernst du rabenleicht lesen!

www.ravensburger.de / www.leserabe.de

Ravensburger